MAXIME GUFFROY

LES

NÉBULEUSES

(NOUVELLE ÉDITION)

« Je ne crois pas que le courage
« puisse exister sans la croyance à
« une seconde vie. »

GÉNÉRAL BERTHAUT.

PARIS

LE BAILLY, LIBRAIRE-ÉDITEUR

Rue de l'Abbaye-Saint-Germain, 2 bis.

1877

LES NÉBULEUSES

Toulon. — Typ. L. LAURENT, rue Nationale, 49

MAXIME GUFFROY

LES

NÉBULEUSES

(NOUVELLE ÉDITION)

« Je ne crois pas que le courage
« puisse exister sans la croyance à
« une seconde vie. »

GÉNÉRAL BERTHAUT.

PARIS

LE BAILLY, LIBRAIRE-ÉDITEUR

Rue de l'Abbaye-Saint-Germain, 2 bis.

1877

Vous tous qui avez aimé, qui avez souffert, permettez-moi de vous offrir ce petit livre.

A l'instar de l'anthologie antique, j'ai essayé de renfermer dans un petit nombre de vers une *pensée*, un *sentiment.*

Puissé-je avoir réussi !...

A défaut d'autre croyance, n'eussiez-vous gardé que la *religion du souvenir*, peut-être, après lecture, nos cœurs battront-ils à l'unisson ?

M. G.

EXTASE

SONNET

A MON AMI MAXIME GUFFROY

Le bonheur en été, le mien,
— Chacun l'établit à sa guise —
C'est le soir, quand tombe la brise,
De monter le coteau voisin,

Puis de m'asseoir au dur chemin
Où le char moissonneur s'épuise,
Où quelque enfant à robe grise
Me regarde et me tend la main ;

Et là, quand la première étoile
Au bord du ciel lève son voile,
Et qu'au nid dorment les oiseaux,

L'œil perdu sur les monts bleuâtres,
C'est d'ouïr la chanson des pâtres
Qui passent le gué des ruisseaux.

X.

LES NÉBULEUSES

I

PRÉLUDE

La vie est un sombre nuage
Qui du soleil obscurcit le flambeau
Et l'avant-coureur de l'orage
Est souvent le jour le plus beau.

Les précurseurs de la tempête,
O Dieu des cieux, viennent fondre sur moi!
Ils s'accumulent sur ma tête
Et mon cœur est glacé d'effroi.

Qui soutiendra dans la tourmente
Mon frêle esquif, prêt à sombrer?
Toi seul, mon Dieu!... Ta main toute-puissante
Me défend de désespérer.

Une étoile a brillé : c'est l'astre tutélaire
Qui doit me guider au port.
Je suis sauvé : l'ange de la prière
A conjuré mon sort.

II.

A HENRI LALLEMAND

Lorsque j'étais enfant, j'aimais voir les nuages
Se poursuivre dans le ciel.
Mon âme toute neuve ignorait les orages
Et je ne voyais là qu'un tableau solennel.

Un peu plus tard, quand je voyais encore
Un nuage courir,
Je devenais tout triste... Ah! c'est que mon aurore
Venait de s'assombrir.

La mort avait frappé les auteurs de ma vie,
Ceux auxquels, après Dieu, nous devons tous les biens;
Goûtez votre bonheur, que mon cœur vous envie,
Vous qui n'êtes pas orphelins!....

III

NÉBULEUSES

« C'est vous, dont notre Herschel, ô pâles Nébuleuses,
« Découvrit les clartés qu'on dirait fabuleuses. »

Au firmament bien des étoiles brillent :
En lointaines clartés presque toutes scintillent.
Et pourtant je préfère à tous ces astres d'or
Une blanche lueur, brume indécise encor....

On croirait voir une âme en peine, soucieuse....
Les savants d'ici-bas la nomment *Nébuleuse*.

IV

A MONSIEUR HUGH-CAS

« Ut polum stellis decorat serenum
« Semita lactis. »
(HYMNE ANCIENNE)

LA VOIE LACTÉE

Avez-vous vu, parfois, lorsque la rêverie
Guidait vos pas distraits à travers la prairie,
Avez-vous aperçu ce chemin étoilé
Qui de brume légère est à demi voilé ?
Vénus en cet endroit, par mégarde sans doute,
De son lait maternel laissa choir une goutte.
De la neige nouvelle il garda la blancheur.
Telle au front d'une vierge éclate la candeur.
On dirait un linceul parsemé de lumières....
C'est par là vers le ciel que montent nos prières.

V

A LOUIS ET MARIE REYNAUD

« Etoiles, fleurs du ciel !...
« Fleurs, étoiles de la terre !...»

Fleuris toujours, douce *Pensée*,
Charmant miroir du souvenir.

Reste l'image ineffacée
De ceux que nous devons chérir.
   Sous le gazon respire
   Une fleur qui, tout bas,
   Semble vouloir nous dire :
   « *Ne m'oubliez pas!* »
·Jolis enfants à tête blonde
Cueillez *Bleuets* et *Boutons d'or.*
Vos doigts de la terre féconde
N'épuiseront pas le trésor.
   Cueillez la *Tubéreuse*
   Et le *Volubilis :*
   Laissez la *Scabieuse*
   Et les tristes *Soucis.*

VI

A MADAME I.

Lorsque vient la nuit, brillante d'étoiles,
Une fleur timide écarte ses voiles
Et montre à nos yeux ses divins atours.
La *Belle-de-Nuit*, le jour si discrète,
Me plaît moins pourtant que la *Violette :*
C'est que celle-ci se cache toujours.

VII

LA PETITE ARAIGNÉE ROSE

> « Maximus in minimis Deus. »

Petit arachnide
Rapide,
Que ton corselet
Fluet
Me plaît !...
Le rubis, l'écarlate
Éclate
Sur ton vêtement
Brillant.
Mais un jour, — que je plains ta sombre destinée !... —
Tu deviendras pour tous un sujet de terreur ;
Tu suspendras tes fils, monstrueuse araignée !...
Dans ton antre hideux ta pince empoisonnée
Tuera le papillon amoureux d'une fleur !...

VIII

A MON CHER ÉLÈVE ARMAND SILVESTRE

L'amour naît avec la vie.
A peine ai-je su marcher,
Déjà mon âme ravie
Demandait à s'attacher.

Le cœur n'a point de jeunesse
Et l'enfant aime en naissant.
Le cœur n'a point de vieillesse,
L'amour croît en vieillissant.

Au premier pas du voyage,
On pleure, on aime à la fois.
On apporte son bagage
De cris et de doux émois.

Aimer sans pouvoir le dire,
S'attacher sans le savoir...
O le merveilleux délire!...
La folie heureuse à voir!!...

C'est le sourire à son père
Qu'adresse un petit enfant;
C'est le baiser qu'à sa mère
Il donne en la caressant....

IX

A MONSIEUR FRANCIS PITTIÉ

On m'a dit qu'ici-bas la joie est éphémère
　　Comme les fleurs;
Que les jeux, les plaisirs sont une coupe amère,
　　Source de pleurs.

On m'a dit qu'un sourire a coûté bien des larmes
　　Aux cœurs aimants;

Que nos jours les plus beaux, en dépit de leurs charmes,
    Ont des tourments.

On m'a dit que la foi, l'amour et l'espérance
    Sont de vains mots,
Et que chez les humains les cris de la souffrance
    N'ont plus d'échos.

On m'a dit qu'au hasard notre âme un jour s'envole
    On ne sait où....
Comme le papillon qui, dans sa course folle,
    Va comme un fou!...

Et j'ai suivi de loin du papillon volage
    L'aile d'azur....
Mais il a disparu comme un léger nuage
    Dans un ciel pur.

X

ACROSTICHE

MARIE! ah! que ce nom est doux à prononcer!
A le redire encor que je trouve de charmes!
Rayon consolateur, il calme nos alarmes,
Il éloigne les maux prêts à nous menacer
Et c'est de volupté s'il fait couler nos larmes.

XI

PREMIER AMOUR

Que j'aime à voir tes yeux, belle Marie,
Tes traits charmants, ton sourire enchanteur !
Que j'aime à voir ta bouche si jolie !
Oui, tout en toi, tout a ravi mon cœur.
Que je voudrais presser sur ma poitrine
Ta douce main, au moins quelques instants !
Une pensée aussitôt me chagrine :
Chère Marie, ah ! tu n'as pas quinze ans !

Tout jeune encor, sous l'aile de ta mère,
Je te vis croître en sagesse, en douceur.
Comme un enfant, je cherchais à te plaire :
Ton amitié me donnait le bonheur.
Je partageais tes plaisirs et ta peine,
Et tes repas et tes jeux innocents ;
A mes désirs tu commandais en reine...
Chère Marie, ah! tu n'as pas quinze ans !

Quels saints transports, lorsqu'au banquet des anges
Tu vins t'asseoir pour la première fois !...
De quelle ardeur tu chantais les louanges
Du Dieu d'amour dont tu suivais les lois !
Que je t'aimais dans ta blanche parure,
De ta beauté les premiers ornements !

La fiancée est ainsi blanche et pure...
Chère Marie, ah ! tu n'as pas quinze ans !...

Paris, juin 1851.

XII

« ... Elle a vécu ce que vivent les roses. »

Un soir d'avril, au chevet de Marie,
Fondait en pleurs un jeune homme à genoux.
« Reconnais-moi, disait-il, mon amie,
« Moi qui reviens pour être ton époux. »
De cette voix si plaintive et si tendre
Étaient perdus les douloureux accents.
La pauvre enfant ne pouvait les entendre.
Elle expirait et n'avait pas quinze ans.

Paris, 23 avril 1853.

XIII

« De la cruelle mort, quoi ! te voilà la proie ?
« Tu m'as répondu : Deuil ! quand je m'écriais : Joie ! »
FRANCIS PITTIÉ.

Elle vient d'expirer en appelant sa mère !...
Des mots que j'entendis mon nom fut le dernier.
J'ai dit : « Je suis à vous ! » à la douleur amère,
Et j'ai dit au malheur : « Je suis ton prisonnier. »

2

Et j'ai traîné mes jours sur la plage lointaine,
Sur les pas du soldat bravé tous les dangers ;
Le vertige m'a pris dans ma course incertaine,
J'ai croisé sur mon sein le fer des étrangers (1).

Aucun ne m'a frappé !... J'ai revu la patrie...
Mais pourrai-je oublier ce cruel souvenir ?
La blessure fermée est loin d'être guérie
Et Dieu d'un voile épais me cache l'avenir...

XIV

IMMORTELLE

Salut, noble immortelle, ô fleur de l'espérance ;
    Salut, fille des cieux !
De la fidélité, de la persévérance
    Emblème précieux !
Salut, fleur de la tombe, auréole éternelle
    Ornant le front des morts ;
Tu fais vivre en nos cœurs la pensée immortelle,
    Le plus doux des trésors.

Ollioules, 1862.

(1) Campagne de Crimée (1854-1855).

XV

REMEMBER

« Le Dieu bon, l'âme immortelle et les
« espérances de l'autre vie ont résisté chez
« moi à tout examen. »

GEORGE SAND.

« Vita mutatur, non tollitur. »
(PRÉFACE DES MORTS.)

Deux choses sont sur terre
L'image du bonheur,
Le baume salutaire
Qui calme la douleur.

Un de ces biens, c'est l'*espérance*
Qui seule dans nos maux accourt nous soutenir.
L'autre fait oublier les tourments de l'absence
Et se nomme le *souvenir !*

Cessez de nous vanter les présents de Pandore,
Poètes, faiseurs merveilleux.
Nous avons des bijoux plus précieux encore
Et que jamais n'ont inventés vos dieux....

Le souvenir chrétien qui fait que l'âme espère
Un meilleur avenir au séjour des élus !..

Vous aussi, vous rêviez un ciel, une autre terre...
Mais que vous étiez loin de celle de Jésus (1) !

Remember !.. Souviens-toi !.. Parole consolante !
La planche de salut offerte au naufragé !
Du bien qu'on a perdu c'est l'image vivante...
En rêve on la revoit, le cœur est soulagé.

Oui, c'est au souvenir que l'âme s'abandonne
     Quand il n'est plus d'espoir.
Marie, en recevant la céleste couronne,
     M'a dit : frère, au revoir !

       .·.

« On meurt et pour toujours. L'âme ne peut survivre
« A ce corps devenu la pâture des vers. »
Ainsi parle l'impie et tout entier se livre
     Au désespoir d'un cœur pervers.

O mon Dieu ! soutenez ma plus ferme espérance,
Je n'ai d'espoir qu'en vous, en la religion.

---

(1)   Christe, cùm sit hinc exire,
        Da per Matrem me venire
        Ad palmam victoriæ.

        Quando corpus morietur,
        Fac ut animæ donentur
        Paradisi gloriæ.

Tel est le texte correct des deux strophes finales du *Stabat*,
ce chef-d'œuvre du moine Jacopone di Todi (1300), dont le chant
et surtout les paroles subissent, de nos jours encore, des alté-
rations fort regrettables. — M. G.

Seigneur, je ne puis croire à l'éternelle absence :
    C'est là ma consolation.

Seigneur, vous l'avez dit, je crois votre parole :
Je reverrai Marie au céleste séjour.
Il me semble entrevoir la brillante auréole
Que posent sur son front l'innocence et l'amour !

XVI

LÉONIE

Un amour chaste et pur me rend à l'espérance.
    Ainsi Dieu, dans sa bonté,
Pèse les biens, les maux dans la même balance.
J'ai retrouvé l'amour quand l'amour m'eut quitté.

Mais cet amour est rempli de mystère :
    C'est un sentiment profond et discret.
Je le garde en mon cœur et je saurai me taire,
Autrement, je croirais violer un secret.

Pourtant, le nom de la femme que j'aime
A pour mon âme une douceur extrême ;
    Sans la crainte de l'irriter...
    Son nom, je voudrais le chanter.

Je m'en irai bien loin sous le feuillage
    D'un bois épais, silencieux,

Et là je redirai son nom et son image
    Sans d'autres témoins que les cieux.

Peut-être un soir la brise printanière
    Lui portera ce nom charmant...
    Peut-être de cette manière
Elle saura que je suis son amant...

XVII

DE JOIE ON PEUT MOURIR [1]

Vous m'aimeriez ! n'est-ce donc pas un rêve ?
Et mon malheur est-il près de finir ?
Un doute encore en mon âme s'élève
Et malgré moi je crains pour l'avenir.
Comme les pleurs l'amour a ses alarmes...
Oui, croyez-moi, le bonheur fait souffrir !
Je suis heureux et je verse des larmes...
Pardonnez-moi, de joie on peut mourir.

Vous me voyez, charmante souveraine,
Souple et docile à vos moindres désirs.
Si vous m'aimiez, vous finiriez ma peine...
Vous contempler serait mes seuls plaisirs.

(1) Cette romance (musique d'Honoré Morel, — Le Bailly, éditeur, Paris) doit une grande partie de son succès au talent musical de M. Chabert, artiste lyrique.

Votre sourire un jour me fit comprendre
Que mon amour, vous daigniez l'accueillir...
Est-ce une erreur ? Je brûle de l'apprendre,
Et cependant de joie on peut mourir.

Vous l'avez dit, ce mot cher à ma flamme,
Et votre main vient de presser ma main.
Ce tendre aveu que ma voix vous réclame
S'est échappé de vos lèvres... Soudain
D'un tel bonheur mon âme est inondée !...
Douceurs du ciel, je crois vous ressentir !...
Épargnez-moi, compagne bien-aimée ;
En vous aimant, de joie on peut mourir.

Toulon, 1861.

XVIII

A MADAME LA COMTESSE L. DE C.

« O ma charmante,
« Ecoute ici
« L'amant qui chante
« Et pleure aussi. »
VICTOR HUGO.

ESPOIR, AMOUR, SOUVENIR (1)

Un éclair de vos yeux, charmante Léonie,
Vient de jeter, hélas! le trouble dans mon cœur.

(1) Musique de Laurent Savoyardi. — H. Millet, Montpellier.

Je vous aime et je sens que je perdrai la vie,
Si vous ne répondez à ma sincère ardeur.
Pour vous la présenter, j'ai cueilli cette rose :
Brillante à votre sein, je voudrais tant la voir !
Ah ! pour me rendre heureux, il faut si peu de chose !
    Léonie, un mot d'espoir !

Vous prenez en pitié les tourments de mon âme
Et votre doux sourire apaise ma douleur.
Vous l'avez prononcé, ce mot cher à ma flamme,
D'un innocent amour vous acceptez la fleur.
A votre blanc corsage elle est là qui repose,
Mais la pauvrette, hélas! ne doit vivre qu'un jour.
Pour combler mon bonheur ajoutez quelque chose :
    Léonie, un mot d'amour !

Je goûtais près de vous le bonheur sur la terre
Et notre affection s'augmentait chaque jour.
Le temps qui flétrissait cette rose éphémère
Sous les regards des cieux épargnait notre amour...
Aujourd'hui, le destin, ce monarque morose,
Brise en nous séparant un si doux avenir.
Il ne me reste plus au monde qu'une chose
    Cette fleur, votre souvenir !...

Fontaine de Vaucluse, mars 1861.

XIX

A UNE DAME POÈTE [1]

Bien que ma muse résiste
A tenter un autre effort,
Pour un poème égoïste
Je viens avouer mon tort.

Je voulais peindre vos charmes,
Chanter vos douces vertus...
Je n'ai parlé que d'alarmes
Et des biens que j'ai perdus.

J'ai regretté la jeunesse,
Papillon qui vole et fuit...
J'ai déploré la tristesse
Qui dans nos jours fait la nuit.

Où sont des belles années
L'éphémère et gai bilan ?...
Où, les heures fortunées ?...
Où sont les neiges d'antan ?...

D'un esprit rendu morose
Je voudrais chasser l'ennui

[1] Mme Amélie Broszniowska, auteur d'une foule de délicieux
sonnets et surnommée la dixième muse auxerroise. — M. G.

Et répandre quelque rose
Sur mon ciel trop rembruni.

Quelle fée enchanteresse
Éclairera l'horizon ?
Qui me rendra l'allégresse
Et des rimes à foison ?...

Serez-vous la blanche étoile
Dont la clarté mène au port ?
Brise, soufflez dans la voile...
Je pourrai quitter le bord.

La peur me tient au rivage...
Je crains d'être malheureux.
Dissipez le noir nuage
D'un avenir ténébreux !...

Mais non. Quand la destinée
Enchaîne l'homme aux revers,
Il n'est déesse ni fée
Qui puisse rompre ses fers.

A vous donc la mélodie,
La liesse des beaux jours !
A vous, les biens de la vie
Et les sémillants atours !

Du temps la cruelle faux
Épargne votre beauté...

Sur nos modernes saphos
Vous avez la primauté.

Que cette double couronne
Sied bien à vos bruns cheveux!..
C'est Corinne ou la Madone
A qui s'adressent mes vœux...

Mais où va ma muse folle?
Mon cœur se perd dans la nuit...
Que veut la fleur qui s'étiole
Au lys qui s'épanouit?..

Je reste donc incrédule
A l'amour, à ses faveurs.
Chaque joie est la virgule
Qui sépare nos douleurs.

Auxerre, septembre 1874.

XX

LE POÈTE

Romance agréée par le grand félibre Frédéric MISTRAL (1)
(19 mars 1865)

Vivre inconnu, mais sentir en soi-même
Ce feu sacré que dispensent les cieux;

(1) Musique d'Alb. Petit. — Avignon.

Vouloir gravir jusqu'au sommet suprême
Où sont assis tant d'illustres aïeux !
Brise en éclats ta lyre infortunée...
Être incompris, courbe-toi sous le joug.
Tu dois subir ta triste destinée.
Pauvre poète, on te prend pour un fou !

Il est passé, le temps où le génie
D'un peuple ému recueillait les bravos.
Tu ne peux plus, comme aux jours d'Aspasie,
Devenir riche au prix de tes travaux.
Ta voix s'étend de l'un à l'autre pôle,
Mais elle va se perdre n'importe où !..
Chacun t'insulte ou l'on hausse l'épaule...
Pauvre poète, on te prend pour un fou !

Poursuis, poète!.. Insensés, qui t'outragent !
Pardonne-leur, sans retarder tes pas.
Leurs sentiments, crois-tu qu'ils les partagent
Ces cœurs pieux qui ne t'insultent pas ?..
Dieu voudra-t-il qu'une main sacrilége
Vienne à ton front porter le dernier coup ?..
Espère au ciel, en Dieu qui te protége...
Heureux poète, oh! non, tu n'es pas fou !

XXI

« Bella, horrida bella ! »

Mon luth, à soupirer que de sujets t'invitent !
Que de malheurs !
Que d'amers souvenirs dans notre cœur excitent
Regrets et pleurs !..

Partout, du couchant à l'aurore,
Les larmes, les larmes encore ;
La misère, la mort, le deuil !..
Et sous des pas semés de roses
Sans pitié les destins moroses
Aiment à creuser un cercueil.

Le coursier, libre enfin, mord la terre et s'élance
Au souffle ardent de Jéhovah !
Et le géant du Nord brandit sa lourde lance
En s'écriant : hurrah !

Et voilà que la guerre, au cliquetis des armes,
Dans l'Europe attentive a crié : « Garde à vous ! »
Pour les mères en deuil quelle source de larmes !
Et pourtant au soldat les lauriers sont si doux !

Et l'homme poursuivra sa course vagabonde.
Aux sentiers de la vie en misère féconde,

Il bravera tous les dangers,
Jusqu'au jour où de Dieu la famille bénie,
Dans le même bercail pour jamais réunie,
Ne connaîtra plus d'étrangers.

XXII

« Tempora si fuerint nubila.... »

Le voici terminé, ce livre plein de larmes
    Que le cœur a dicté.
Jusque dans l'amertume on peut trouver des charmes,
Et parfois la douleur se change en volupté.

O rêves adorés, illusion perdue,
    Bien loin envolez-vous!
Mais votre souvenir à mon âme éperdue
Rendra l'espoir possible et le malheur plus doux.

C'en est fait, je t'accepte, ô rude destinée,
    Inexorable loi !
Obscur sera mon sort; ma vie, infortunée ;
La grandeur et l'éclat ne sont pas faits pour moi.

Vous me consolerez, anges de la sagesse,
    Vous soutiendrez mon cœur.
Tous les biens d'ici-bas sont une amère ivresse,
Un songe éblouissant, un mirage trompeur.

Et si des faux amis le secours m'abandonne,
Du haut des cieux la divine Madone
Veillera sur mes jours.
Au milieu des douleurs j'ai vu périr Marie,
Bien loin de moi j'ai vu fuir Léonie
Et je n'ai plus d'amours.

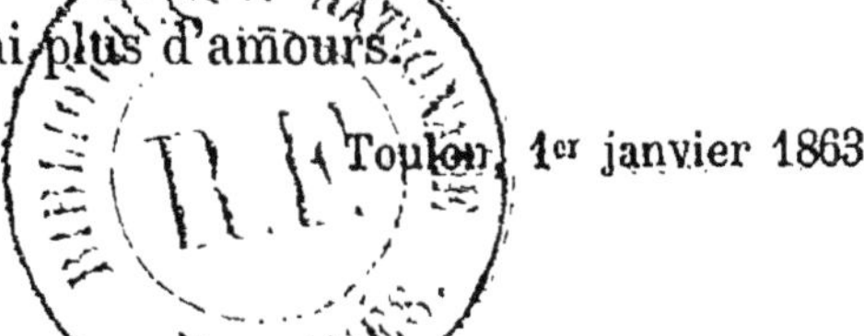

Toulon, 1er janvier 1863.

ÉPILOGUE

AU LECTEUR

Que les tristes accents d'une muse expansive,
Ami lecteur, trouvent grâce à tes yeux !
Bien sombre est l'horizon pour une âme pensive :
Le plaisir même a le front soucieux.

Toi qui te plais au soupir de la vague,
Toi qui plains le rameau qu'un vent d'automne élague,
Toi qui trouves des pleurs
Pour toutes les douleurs, —

Tu suivras du regard ma timide nacelle
Et tu feras pour elle
Une prière à Dieu !... —

Mais voici venir l'aurore nouvelle....
De l'astre pâlissant s'affaiblit l'étincelle :
La *Nébuleuse* expire.. Adieu !....

Toulon, 24 septembre 1876.